par Lesage,
Fuzelier
et d'Orneval
mus. de Gilliers
1721

Endimion.

ARLEQUIN ENDYMION.

Piéce d'un Acte.

Representée par la Troupe du Sieur Francisque à la Foire de Saint Germain. 1721.

AVERTISSEMENT.

Les Comediens Italiens dans ce tems-là représentérent devant le Roi une Piéce intitulée, DIANE & ENDYMION, ce qui donna occasion de faire celle-ci, qui contient quelques Scénes parodiées.

ACTEURS.

DIANE.
LA NUIT.
LE SILENCE.
ENDYMION.
Mr. RIBAUDIN, vieux Bourgeois de Paris.
Mlle. CATIN, Avanturiére.
UN SUISSE.
Me. TARTELIN, Pâtissiere de Mont-Martre.
BEURREFORT, son Garçon de Boutique.
Mr. BAISSIE'RE, Cabaretier des Porcherons.
PLUMECOQ, Chansonnier du Pont-neuf.
TROUPE D'IVROGNES.
TROUPE de NIMPHES de Guinguettes.

La Scene est au bas de Mont-Martre.

ARLEQUIN ENDYMION.

LE Theatre repreſente la Montagne de Mont-Martre, & quelques Cabarets des Porcherons.

SCENE PREMIERE.

DIANE, LA NUIT, LE SILENCE.

DIANE.

AIR 122. (*Par bonheur ou par malheur.*)

Bon ſoir, la Nuit.

LA NUIT.

Eh! je croi

Que c'eſt Diane.

DIA-

DIANE.

C'eſt moi.

LA NUIT.

Ma Déeſſe, puis-je apprendre
Pourquoi vous quittez ainſi
Le Mont Lamos, pour vous rendre
A Mont-Martre où nous voici?

DIANE.

AIR 10. (*Mon Pere je viens devant vous.*)

Dans un moment tu le ſauras.

Au Silence.

Silence, chaſſez des Guinguettes
Les Ménétriers, les Soldats,
Et les ambulantes Griſettes,
Cher Harpocrate, prenez ſoin
D'écarter de nous tout témoin.

Le Silence ſe retire.

SCE-

SCENE II.

DIANE, LA NUIT.

LA NUIT.

AIR 123. (*Attendez-moi ſous l'orme.*)

Voulez-vous ſatisfaire
Mes déſirs curieux ?
Que venez-vous donc faire
Dans ces burleſques lieux ?
Parlez vîte ; je grille
De ſavoir ; ...

DIANE.

Chére Nuit,
J'y cherche un jeune Drille
Que j'aime, & qui me fuit.

LA NUIT.

AIR 4. (*Comme un Coucou que l'amour preſſe.*)

Eſt-ce Diane la ſevére
Qui me parle ſi librement ?
Non, la Déeſſe de Cythére
Ne parleroit pas autrement.

DIA-

DIANE.

AIR 33. (*Jardinier, ne vois-tu pas.*)

J'ai toûjours traité l'Amour
D'une maniére étrange;
Je l'ai banni de ma Cour;
Mais ce Vainqueur à ſon tour
Se venge, ſe venge, ſe venge.

LA NUIT.

AIR 12. (*Amis, ſans regretter Paris.*)

Quand une Prude de ſon frein
A rompu la gourmette,
Elle va, ma foi, plus grand train
Qu'une franche Coquette.

Heureuſement pour vous, malgré vos équipées, vous avez encore ſur la Terre une bonne réputation.

DIANE.

Hom! Il y a pourtant bien des gens qui gloſent ſur....

LA NUIT.

Hé! Laiſſez-les gloſer!

AIR

AIR 1. (*Reveillez-vous, belle Endormie.*)

On ne peut avoir le ſuffrage
De tout l'Univers à la fois:
Soyez contente d'être ſage
A la pluralité des voix.

DIANE.

Je crois que tu as raiſon.

LA NUIT.

Mais, charmante Fille de Jupiter, apprenez-moi de grace, quel eſt l'heureux Mortel qui s'eſt attiré vos regards.

DIANE.

C'eſt un Berger de la Carie, qui ſe nomme Endymion.

LA NUIT.

AIR 9. (*Quel plaiſir de voir Claudine.*)

Pour une grande Déeſſe,
Quel beau choix vous avez fait!

DIANE.

* *Je rougis de ma tendreſſe,*
Et non pas de ſon objet.

LA

* Vers de l'Opera de *Diane & d'Endymion.*

LA NUIT.

Peste ! Voila du rafiné ! Un sentiment d'Opéra !

DIANE.

Je vois bien que tu ne connois pas Endymion. C'est un Berger qui surpasse en beauté les Narcisses & les Adonis.

LA NUIT.

C'est une autre affaire.

DIANE.

Ecoute son histoire, & pardonne-moi de ne t'avoir pas fait plûtôt confidence de ma passion.

LA NUIT.

Je vous écoute.

DIANE.

AIR 38. (*Une jeune Nonette.*)

Un jour par sa fenêtre,
Dame Junon,
Vit dans les champs paroître,
Endymion.

Vers

Vers lui d'abord elle vola,
Elle lui parla ;
Dès ce moment là....
O gué lonla,
Lan-laire,
O gué lonla.

LA NUIT.

Et leur intelligence dura-t-elle long-tems ?

DIANE.

Non. Jupiter la découvrit bien-tôt, & condanna le Galand à un sommeil perpétuel.

LA NUIT.

Le pauvre Berger !

AIR 68. (*Ne m'entendez-vous pas ?*)

Ah ! si tous les Maris
Avoient même puissance ;
Que l'on verroit en France,
Et sur tout dans Paris,
De Galans endormis !

DIANE.

AIR 124. (*J'offre ici mon ſavoir-faire.*)

Si tôt l'avanture appriſe,
Mon eſprit n'eût point de repos,
Je voulus en voir le Héros;
Mais comme Junon j'y fus priſe.
Je voulus en voir, &c.

LA NUIT.

Ahi, ahi! Vous fîtes aparemment tous vos efforts pour le chaſſer de votre cœur.

DIANE.

AIR 87. (*Et vogue la Galére.*)

Oh! ma vertu ſévére
N'eût garde d'y manquer;
Mais ne pouvant, ma Chére,
De-là le débuſquer,
Et vogue la Galére,
Tant qu'elle,
Tant qu'elle,
Et vogue la Galére,
Tant qu'elle pourra voguer.

LA NUIT.

C'est le plus court.

DIANE.

Je résolus de lui apprendre son bonheur.

LA NUIT.

AIR 6. (*Menuet de Mr. de Grandval.*)

Une Beauté que l'Amour blesse,
Sans réfléchir sur son transport,
Craint peu, dans l'ardeur qui la presse,
De réveiller le chat qui dort.

DIANE.

Mais, ne pouvant dissiper son sommeil, j'allai demander au Destin s'il n'y avoit pas moyen de réveiller le Berger?

LA NUIT.

Que vous dit-il?

DIANE.

AIR 32. (*Prenez bien garde à votre cotillon.*)

De nectar prenez un flacon,
Pour réveiller ce beau Mignon;
Vous verrez un bon Compagnon:
Mais alors prenez bien garde à votre cotillon,
A votre cotillon.

Effectivement, je n'eus pas si-tôt fait couler une roquille de nectar dans l'estomac d'Endymion, qu'il se réveilla.

LA NUIT.

Vous vîtes un homme charmé du service reçû, n'est-ce pas?

DIANE.

Il me parût saisi, transporté.

AIR 17. (*Landeriri.*)

Le petit Fripon dans mes yeux
D'abord lût son sort glorieux,
Landerirette;
Il vit bien qu'il étoit chéri.

LA

LA NUIT, *riant.*

Landeriri.

Cela abrégeoit bien la procédure.

DIANE.

AIR 18. (*Lonlanla, derirette.*)

Je voulus prendre un air pincé ;
Mais Junon l'avoit bien dressé,
Lonlanla, derirette :
Il n'en devint que plus hardi.

LA NUIT, *riant.*

Lonlanla, deriri.

DIANE.

AIR 13. (*Laire la, laire lan-laire.*)

Nous eûmes un tendre entretien.

LA NUIT.

Et vous vous en tirâtes bien.

DIANE.

Tout ainsi qu'à ma Belle-mére.

LA NUIT.

Laire la, laire lan laire,
Laira là,
Laire lan-la.

DIANE.

Cependant, (te le dirai-je?) dans le tems que je le croyois tout occupé de sa bonne fortune, l'ingrat, le traître, abandonna tout à coup le Mont-Latmos; & j'ai long-tems ignoré ce qu'il étoit devenu.

LA NUIT.

Et vous avez découvert.....

DIANE.

Qu'il est en France, & qu'il se tient caché à Mont-Martre.

AIR 44. (*Faire l'amour la nuit & le jour.*)

On dit que c'est pour voir
Certaine Patissiére;

Que

Que tous deux chaque soir
Viennent ici se faire
L'Amour
Jusqu'au point du jour.

LA NUIT.

Ah ! le petit Libertin !

AIR 55. (*Quand le péril est agréable.*)

Il est las de conter fleurettes
Aux nobles Matrônes des Cieux ;
Il s'est mis dans le goût des Dieux,
Il lui faut des Grisettes.

DIANE.

Oui ; mais Diane n'entend pas raillerie là-dessus.

AIR 74. (*Les Trembleurs.*)

J'épîrai ce Misérable ;
Si je le trouve coupable,
Je le battrai comme un diable ;
Je vengerai mes attraits.
Je vais me rendre invisible :
Par ta sequelle terrible
Rend ce Mont inaccessible.

LA NUIT.

Je remplirai vos souhaits.

Diane se retire.

SCENE III.

LA NUIT, *seule.*

AIR 93. (*La jeune Abbesse de ce lieu.*)

Larves, Phantômes, Loup-garoux,
Ardents, Folets, troupe legére,
Allons, mes Enfans, venez tous;
Obéïssez à votre Mére:
Faites peur aux Galans qui voudront
Grimper au sommet de ce Mont.

Il paroît un grand Phantôme, deux Loup-garoux & plusieurs Esprits-Folets, qui disparoissent aussi-tôt. La Nuit va répandre ses voiles, & le Théatre s'obscurcit.

SCENE IV.

Mr. BAISSIERE, Cabaretier des Porcherons.

PLUME-COQ, Chansonnier du Pont-neuf, TROUPE d'IVROGNES & de NIMPHES de Guinguettes.

Mr. BAISSIERE, *les chassant de chez lui.*

Retirez-vous, Messieurs. Il m'est défendu de vous souffrir chez moi plus long tems.

I. IVROGNE.

Eh! Monsieur Baissiére! plus que chopine.

Mr. BAISSIERE.

AIR 36. (*Le fameux Diogéne.*)

Je ne veux point me faire
Pour vous aucune affaire.

2. IVROGNE.

Demi-s'tier.

BAISSIERE, *leur fermant la porte au nez.*

Serviteur.

I. IVROGNE.

Il referme sa porte!

2. IVROGNE, *donnant un coup de pied dans la porte.*

Que le Diable t'emporte,
Maudit Empoisonneur.

PLUME-COQ.

Allons, mes amis, moquons-nous de cela. Chantons, dansons, réjouïssons-nous.

Ils se mettent tous à danser. Après la danse Plume-coq chante les deux couplets de chanson suivans, qu'il accompagne de son violon.

AIR 49. (*Boire à son tirelire lir'.*)

I. Couplet.

Vive le Cabaret!
O la joyeuse vie!
Chaque Amant en secret

Y méne sa Sylvie,
Faisant la cour
Au Dieu d'Amour,
Boire à son tirelire lir',
Boire à son toureloure lour',
Boire à son tour.

CHOEUR.

Boire à son, &c.

PLUME-COQ.

II. *Couplet.*

Un Galand bien instruit,
Donne au Dieu de Cythére
Tout le tems de la nuit,
Et vient, pour se refaire,
Au point du jour
Dans ce séjour,
Boire à son tirelire lir',
Boire à son toureloure lour',
Boire à son tour.

CHOEUR.

Boire à son, &c.

Ils veulent reprendre la danse, mais il vient des Folets & des Phantômes qui les épouvantent, & les font fuir.

SCENE V.

Mr. RIBAUDIN, vieux Bourgeois,
Mlle. CATIN, Avanturiére.

Mr. RIBAUDIN, *tenant Mlle. Catin par la main.*

AIR 125. (*Suivons, ſuivons tour à tour.*)

Quel plaiſir, belle Brunette,
De pouvoir, le verre en main,
Pouſſer ici la Fleurette
A ſon aimable Catin !
Suivons, ſuivons, tour à tour
Bacchus & l'Amour.

Mlle. CATIN.

AIR 84. (*Ahi, ahi, ahi! Janette.*)

Ma foi, Monſieur Ribaudin,
Malgré votre blanche treſſe,
Vous avez un air badin,
Qui vous tient lieu de jeuneſſe.

Mr. RIBAUDIN.

Mes Amours,

La

La bonne Sagesse
Doit rire toûjours.

Mlle. CATIN.

Vous avez raison. Vivent les gens gais!

Mr. RIBAUDIN.

Le sot animal qu'un Caton!

Mlle. CATIN.

L'ennuyeux Personnage!

Mr. RIBAUDIN.

Depuis trente ans que je suis veuf, je n'ai point engendré de mélancolie.

Mlle. CATIN.

Quoi! vous avez été marié? Je vous croyois un vieux Garçon.

Mr. RIBAUDIN.

Oui, parbleu, j'ai été marié. Je dois m'en souvenir.

AIR 30. (*Du Cap de Bonne-Espérance.*)

J'avois pris une Poulette,
De qui j'eus peu d'agrément.

Mlle. CATIN.

Sans doute, elle étoit coquette.

Mr. RIBAUDIN.

Tout au contraire, vraîment:
Elle étoit de ces grondeuses,
De ces femmes vertueuses,
Qui vendent à leurs Maris
Leur sagesse à très-haut prix.

Mlle. CATIN.

Ces femmes-là sont bien incommodes!

Mr. RIBAUDIN.

* AIR 49. (*Boire à son tirelire lire.*)

Il faut que d'un seul trait,
De cette Epouse aimable,

Je

* *Cet air étoit alors tout nouveau, & fort à la mode.*

Je fasse le portrait :
C'étoit un méchant Diable,
Qui me battoit,
Me tourmentoit ;
Mais j'eus mon tirelire lir',
Mais j'eus mon toureloure lour',
Mais j'eus mon tour.

Elle mourut, & j'eus le plaisir de la faire enterrer.

Mlle. CATIN.

Je crois que vous en fîtes volontiers la dépense.

SCENE VI.

Mr. RIBAUDIN, Mlle. CATIN, un SUISSE.

LE SUISSE, *à part.*

AIR 5. (*Quand le péril est agréable.*)

Chel viendrai de rougir mon trogne ;
J'avre fait ein bonn' trinqueman.

Mlle.

Mlle. CATIN.

Que vois-je?

Mr. RIBAUDIN.

C'eſt apparemment
Quelque vilain Ivrogne.

Mlle. CATIN, *bas.*

Oui, c'eſt un Suiſſe. Il vient à nous.

Mr. RIBAUDIN, *bas.*

La mauvaiſe rencontre!

LE SUISSE, *à Mr. Ribaudin.*

Air 2. (*Quand je tiens de ce Jus d'Octobre.*)

Monſir, où vous mener ſti File?

Mr. RIBAUDIN.

C'eſt mon Epouſe, elle eſt à moi,
Je la méne à mon domicile.

LE SUISSE.

Vous l'avre menti, par mon foi.

Mr

Mr. RIBAUDIN.

Cela eſt vrai, vous dis-je.

LE SUISSE.

Ein Mari point mener ſon Femme à l'Guinguette, mais ſeulement ſon Voiſine.

Mr. RIBAUDIN.

Voila bien des raiſons, mon ami. Paſſez votre chemin.

LE SUISSE, *prenant Mlle. Catin par le bras.*

Moi quitte point ſti groſſe Gagui. En vouloir mon part.

Mlle. CATIN, *en colére.*

L'Inſolent! L'Ivrogne! Pour qui me prend-il donc?

LE SUISSE.

Vous point churer, Mondemoiſelle. J'avre mis ça dans mon tête.

Mr. RIBAUDIN, *à part.*

Je vois bien qu'il faut donner la piéce à ce Drôle-là, pour nous tirer de ſes pates.

Il tire sa bourse & donne un écu au Suisse.

Tenez, Grivois. Buvez à notre santé. Adieu.

LE SUISSE, *à Mlle. Catin, après avoir pris l'argent.*

L'être pien. Avec sti l'argent, chel f'rai ein ponn' petite regaleman à vous.

MR. RIBAUDIN.

Laissez-l'à donc en liberté, ne la retenez plus.

LE SUISSE, *à Mr. Ribaudin tirant son Sabre.*

Si toi point s'en aller, chel coupe ta visage.

Il veut fraper Mr. Ribaudin, qui s'enfuit.

SCENE VII.

Mlle. CATIN, LE SUISSE.

Mlle. CATIN, *flatant le Suisse.*

Camarade Suisse, ne m'arrêtez plus, je vous en prie.

LE SUISSE.

Ché quitte point vous.

Mlle. CATIN, *lui passant la main sous le menton.*

Mon Poulet !

LE SUISSE, *la tiraillant.*

Mon Mignonne ! Vous le sera contente de moi.

Mlle. CATIN, *faisant un effort pour s'échapper.*

Oh ! c'en est trop ! Je n'y puis plus tenir.

Elle lui donne un coup de poing dans l'estomac, & s'enfuit. Le Suisse, à l'imitation du Satyre du *Pastor fido*, l'attrape par la coiffure qui lui reste entre les mains. Il veut courir après elle, & tombe.

LE

LE SUISSE, *après s'être relevé.*

Pon! J'avre toûjours attrapé quelque chosse.

Il se retire.

SCENE VIII.

ENDYMION, *seul avec son Chien.*

AIR 34. (*Pour faire honneur à la noce.*)

Cher Citron, mon Chien fidelle,
Allez rejoindre le Troupeau;
Pour moi, je vais sur ce côteau,
En rêvant, battre la semelle.
Cher Citron, mon Chien fidelle,
Allez rejoindre le Troupeau.

Le Chien s'en va.

Voici l'heure & le lieu où Madame Tartelin, ma belle Patissiére, m'a donné rendez-vous. Je puis la cajoler impunément, puis que Diane cette nuit ne brille point dans les Cieux. Malepeste! Si cette Déesse savoit mes petites fredaines....

AIR

AIR 46. (*Les Triolets.*)

Je me tiens clos dans mon taudis,
Quand je vois le clair de la Lune,
Les plaisirs me sont interdits :
Je me tiens clos dans mon taudis ;
Mais sans façon je m'ébaubis,
Dès que je vois venir la brune.
Je me tiens clos dans mon taudis,
Quand je vois le clair de la Lune.

Ah ! voici notre Infante.

SCENE IX.

ENDYMION, Me. TARTELIN.

Me. TARTELIN.

AIR 10. (*Mon Pere, je viens devant vous.*)

Est-ce vous, bel Endymion ?

ENDYMION.

Oui, c'est moi, charmante Brioche.

Me.

Me. TARTELIN.

Cher objet de ma passion,
Je me ranime à votre approche.

ENDYMION.

Loin de vous je n'en pouvois plus,
Et mon cœur cuisoit dans son jus.

Me. TARTELIN.

AIR II. (*On n'aime point dans nos Forêts.*)

Sur les Bergers de nos hameaux
Vous brillez en galanterie.

ENDYMION.

Ce sont-là de plaisans grimauds,
Près de nos Bergers de Carie :
Ceux-ci, morbleu, sont des Grivois
Qui vont de pair avec les Rois.

Me. TARTELIN.

Diantre !

ENDYMION.

Ils faufilent même avec les Dieux.

Me. TARTELIN.

Tuchou! Les nôtres ne hantent pas si bonne compagnie.

ENDYMION.

Fi donc, vous dis-je! Ce sont des Manans & des Sorciers. Moi qui vous parle, savez-vous bien que j'ai été élevé sur les genoux des Déesses?

Me. TARTELIN.

La belle éducation!

ENDYMION.

Et je puis dire, sans vanité, que j'ai donné dans la vûë de quelques Déïtez de la premiere Classe.

SCE-

SCENE X.

ENDYMION, Me. TARTELIN, DIANE *invisible.*

DIANE, *à part.*

AIR 1. (*Reveillez-vous, belle Endormie.*)

J'aperçois le Traître que j'aime
Avec sa Belle en doux propos.

ENDYMION.

La chaste Diane elle-même
Pourroit vous en dire deux mots.

DIANE, *à part.*

Il parle de moi.

ENDYMION.

La fiére Junon m'a donné les premiers principes de la galanterie, & Diane m'a achevé.

DIANE

DIANE, *à part.*

Ah! quelle indiscrétion!

ENDYMION.

AIR 22. (*Et zon, zon, zon.*)

Ainsi du grand Jupin,
Par sa Femme & sa Fille,
Madame Tartelin,
Je suis de la famille:
Et zon, zon, zon....

DIANE, *à part.*

Quelle impudence!

Me. TARTELIN.

AIR 20. (*Allons gai.*)

De vos bonnes fortunes
Je ne m'étonne pas,
Les Blondes & les Brunes
Par tout suivront vos pas.

ENDYMION.

Allons gai, &c.

Tenez, Madame Tartelin, laissons-là ces Carognes de Déesses. Aussi-bien Jupiter m'a débarassé de Junon, & j'ai fait un trou à la Lune.

DIANE, *à part.*

Quel charme retient ma vengeance ?

ENDYMION.

Je vous ſacrifie Junon avec ſon Arc-en-Ciel, & la Lune avec l'Etoile Pouſſiniére.

DIANE, *à part.*

Je ſuis tenté de changer l'un en Plâtrier & l'autre en Bourique.

Me. TARTELIN.

Vous me charmez !

ENDYMION, *ſe jettant aux genoux de Madame Tartelin, & lui baiſant la main.*

Ma Reine ! diſpoſe d'Endymion comme de ton Eſclave.

Me. TARTELIN, *ſoûpirant.*

Ahi !

ENDYMION, *ſe relevant.*

AIR 126. (*Pierre Bagnolet.*)

Tu ne dois pas, ma Tartelette,
Choiſir d'autre Berger que moi.
Tien, ſi tu veux, ſur l'herbette

Me

Me donner, me donner ta foi,
Me donner ta foi,
Me donner ta foi,
Mes Moutons, mon chien, ma houlette,
Tout dépendra toûjours de toi.

DIANE, *à part.*

Je suis à bout! je vais éxercer sur eux....

SCENE XI.

ENDYMION, Me. TARTELIN, DIANE invisible, BEURREFORT, Garçon de Me. Tartelin.

BEURREFORT, *entrant brusquement.*

Courage, Madame Tartelin, courage: Oh dame! je vous prenons sur le fait. C'est donc comme ça que vous êtes à la veillée cheux la Comére Simonne? J'ai morgué bian deviné la manigance.

DIANE, *à part.*

Voyons un peu cette Scéne, avant que d'éclater.

Me. TARTELIN.

Doucement, Monsieur Beurrefort, doucement ! je vous trouve bien hardi de venir m'épier. Vous n'êtes que mon Garçon, vous n'êtes pas mon Mari, une fois.

BEURREFORT.

Non, tatigué, je ne le ſuis pas. Si je l'étois, je vous ferois charier droit ; vous n'auriez pas affaire au Défunt, qui vous laiſſoit la bride ſur le cou.

ENDYMION, *à Me. Tartelin.*

Vous avez-là un Garçon bien brutal.

Me. TARTELIN, *d'un air embaraſſé.*

Il fait le Maître, à cauſe qu'il me tient lieu de feu Mr. Tartelin.

ENDYMION.

C'eſt ce qu'il me ſemble.

A Beurrefort, lui parlant ſous le nez.

Mon Ami, vous n'avez pas droit de parler comme vous faites à votre Maîtreſſe.

BEURREFORT, *d'une voix rude.*

Pourquoi ?

ENDY-

ENDYMION, *effrayé.*

Oh! je vous demande pardon, Mr. Beurrefort.

BEURREFORT.

Savous bian qu'alle m'a promis sa boutique, & de m'épouser, quand je l'aurai encore sarvie un an?

ENDYMION.

Je n'ai plus rien à dire, vraîment.

Me. TARTELIN, *à Beurrefort, lui montrant le poing.*

Tu me le payeras.

BEURREFORT, *se moquant.*

Prrr! je suis bien-aise de vous faire l'avanie devant votre biau Barger; ça me soulage.

ENDYMION.

C'est à dire que Madame Tartelin écoute plusieurs Amans à la fois.

BEURREFORT.

AIR 55. (*Ramonnez-ci, ramonnez-la.*)

Alle n'en veut qu'une paire.

ENDYMION, *lui poussant Me. Tartelin.*

L'ami, pour te satisfaire,
Je te la céde.

BEURREFORT, *la lui repoussant.*

Non pas.

ENDYMION, *la poussant encore sur Beurrefort.*

Tu la prendras.

BEURREFORT, *la repoussant encore.*

J'en suis trop las,
Las, las, las.

Me. TARTELIN, *à Beurrefort s'échapant.*

Coquin, tu t'en repentiras.

SCENE XII.

ENDYMION, BEURREFORT, DIANE, invisible.

DIANE, *à part.*

Ma colére se dissipe.

Haut.

Endymion!

ENDYMION, *étonné.*

Qu'entens-je?

DIANE, *riant.*

Ha, ha, ha, ha, ha!

BEURREFORT.

C'eſt queuque Eſprit.

DIANE, *continuant ſes ris.*

Ha, ha, ha, ha, ha!

ENDYMION, *à part.*

Ah! Morbleu, c'eſt Diane! Je la reconnois à ſa voix.

DIANE, *ſe laiſſant voir.*

Endymion!

BEURREFORT, *fuyant.*

Oh! C'eſt le Guiéble!

SCENE XIII.

& Derniere.

ENDYMION, DIANE.

ENDYMION, *se jettant aux piés de Diane.*

AIR 43. (*Folies d'Espagne.*)

Pardon, pardon, adorable Déesse!
Voyez couler les larmes de mes yeux:
Lors qu'un Mortel déteste sa foiblesse
Il doit calmer la colére des Dieux.

DIANE, *le relevant.*

Je ne vous reprocherai point vos amusemens en ce païs-ci; votre confusion m'en venge assez: Mais pourquoi avez-vous abandonné si brusquement le Mont Latmos? Mes bontez commençoient-elles à vous fatiguer? Parlez-moi sans déguisement.

ENDYMION.

Je vous l'avouërai, charmante Immortelle, j'ai craint un second sommeil.

DIA-

DIANE.

AIR 39. (*Flon, flon.*)

Tu n'as donc fui Diane
Que par cette terreur?

ENDYMION.

C'eſt cela, Dieu me danne.

DIANE.

Je n'ai plus de fureur.

ENDYMION.

Flon, flon,
Larira, dondaine,
Flon, flon,
Larira, dondon.

DIANE.

J'oublie le paſſé. Ne crains plus Jupiter mon Pére. Je veux t'épouſer.

ENDYMION.

Mais le Papa y conſentira-t-il?

DIANE.

Je te répons de ſon aveu. De pareils mariages ne ſont pas nouveaux: Thétis n'a-t-elle pas épouſé Pélée?

ENDYMION.

Cela eſt vrai.

DIANE.

En tout cas, je ſuis fille majeure.

ENDYMION.

Et usante de vos droits.

DIANE.

Vien, suis-moi dans mon Temple. Nous allons mettre la derniére main à cet himenée.

ENDYMION.

Attendez. Une chose m'embarasse. Que ferai-je quand je serai votre Epoux ? Je serois bien-aise d'avoir de l'occupation.

DIANE.

Tu en auras assez. Tu m'aideras à faire mes fonctions, à éclairer la nuit l'Univers.

ENDYMION.

Fort bien.

DIANE.

AIR 3. (*Banissons d'ici l'humeur noire.*)

Notre gloire sera commune,
Notre emploi moins embarassant;
Moi je ferai la Pleine-Lune,
Et toi tu feras le Croissant.

ENDYMION.

Voila un véritable emploi de Mari.

FIN.

LA

www.ingramcontent.com/pod-product-compliance
Ingram Content Group UK Ltd.
Pitfield, Milton Keynes, MK11 3LW, UK
UKHW021124230726
13926UKWH00002B/629

9 782014 463972